Sur l’autre rive, les papillons sont blancs.

Texte de Lise Lundi-Cassin, photographies de Georges Vrignaud

SOC et FOC

ISBN : 2-912360-19-6

Chapelle du Moustoir.

Le bleu des hortensias sur les talus échevelés a des dérives violettes. Un ciel de traîne coiffe ce temps parenthèse.

Les chemins s'offrent et s'écartèlent sous les pas qui s'égarent, tracent le mouvement à cet instant où s'inverse le sablier.

Le soleil danse sur les greffes d'enfance.

Je viens de mes cavernes noires, pour quel matin ?

Reprendre les chaussures de marche.

Mimétisme du ciel qui confond les saisons.
Le bâton de la fée Morgane a lacéré les pierres. L'eau de la rivière s'affole.

Provocatrice, la Vierge a installé son ménage près de la grotte du diable.
Le chaos des roches témoigne de leurs guerres.

Le bruit d'une tronçonneuse déchire la légende.

Les mots en creux font trembler le granit.

La femme enceinte, aux yeux cernés, jambes trop blanches sous les vagues de la robe, a franchi la sente étroite.

L'homme, déformé par le lourd sac à dos, oppose un geste tendre à la violence du paysage.

Le pas de la femme s'affermit. Elle relève la tête. Dans son ventre l'enfant a bougé.

Enlacé, le couple s'éloigne. Un oiseau appelle doucement dans le bouquet de jeunes châtaigniers.

La tronçonneuse se tait. Il est midi.
Le soleil s'est risqué derrière le vieux moulin. Imminence à vivre. Le "Bois haut" s'attendrit.

Il fait gris-bleu. J'ai pris le rythme.

Suivre des chemins de hasard au risque de se perdre.

Marcher jusqu'à la douleur. Attendre contre la force de l'arbre que l'étau se desserre.

Les sangliers de pierre ne troublent pas l'eau de la mare.

Vive, la rivière d'argent glisse des eaux rouillées sous l'amoncellement des roches.
Elle précède sans bruit les marcheurs dans l'allée violette.

Se frayer un passage parmi les blessures.

Avancer encore, vers quelle victoire ?

Ombre de la forêt.
Les grands épicéas s'élèvent, gardant l'espoir d'une montagne.
Improbable Babel. Le ciel érode les sommets.

La stèle du voyageur-poète Victor Ségalen surplombe le gouffre. Les ronces et les arbres protègent le souvenir.

Où vont les mots du poème quand l'homme s'est tu ?

Comme l'eau, ils explosent parfois en cascade d'argent, pour se perdre après la chute, sous le chaos des pierres.

De quelle mémoire s'est levée la résurgence du premier chant ? La nuit est inépuisable.

Nous n'emportons rien. La mort n'est que la transformation de ce que l'on abandonne.

Il faut descendre longtemps à travers fougères et bruyères pour accéder à la mare aux fées.

Ici elles ont des robes de mousse.

L'eau enchante l'ombre douce. Au reploiement des mémoires les mots retombent en enfance.

Un ciel de tendresses ramifiées a désamorcé la nuit.

Les lieux sont méconnaissables dans un air javellisé.

Le temps bascule au long des villages de solitude. Seule la couleur dragée des hortensias semble contemporaine.

Sous le capot, les chevaux tressautent et renâclent, égrenant d'interminables chemins jaunes qui ne vont nulle part.

Il a beaucoup plu cette nuit.

Les heures matinales rassemblent en désordre des morceaux de ciel.

Rêve aux portes de l'enfer.
J'entends ricaner les korrigans qui m'ont amenée ici.

La femme, tapie derrière le rideau douteux, n'est pas née en Cornouaille. Est-ce parce qu'elle est déracinée que le soleil a déserté son visage ?
Enfer - Paradis.

Barrage de deux seins agressifs. - Entrez... Payez... Billets...
Sens de la visite. La salle est noire.

Non. Je ne veux pas de ce rêve préfabriqué.
Non. Je ne veux pas que l'on m'explique le Youdig.

La voix menace. Je me sens coupable. Surgissent de ma mémoire les décorations en noir et blanc de la salle du catéchisme - Damnés suppliants dans les flammes éternelles - sentences du vieux curé ensoutané...

Je recule. Je refuse ces vieilles peurs. Je me sauve.
Adieu Madame.

Ça sent le soufre et le fric.

Dehors, le ciel a repris ses couleurs.

Repartir. Aller plus loin à la rencontre des arbres, des pierres, des signes de vie.

Montagne Saint-Michel.

Insectes affairés, quelques rares silhouettes encapuchonnées se croisent sans se voir. Là-haut le vent fait loi.

Des vagues courtes ondulent dans les herbes mûres et la bruyère mauve. Plus loin, le lac artificiel est un miroir sans tain.

Habitée de courants d'air, la petite chapelle a le cœur nu, mais elle est émouvante sur la montagne austère.

Les rumeurs se taisent, tenues à distance par l'alignement mégalithique de la noce de pierres - An eured veign -

Plénitude d'un silence.

Errance du regard au-dessus des marais. Une immense tourbière indiquait là-bas l'entrée de l'enfer. À cet endroit, le recteur jetait aux flammes du soleil couchant les démons des hommes emprisonnés dans le corps des chiens noirs.

Au cœur de la légende les barrages n'existent pas.

Le Yeun Elez a d'étranges reflets quand il confie au vent humide le secret des morts.

Ciels aux amers de granit noyés de regrets.

Un oiseau sombre s'est abattu dans les herbes jaunes. La mort et la vie s'échangent.

Dans ce creux de rocher, au pied du Mont Saint-Michel de Brasparts, je suis en un cercueil de verre. À l'abri.

L'écluse émerge à peine de sa chemise de brume. C'est l'heure acidulée où vocalisent les oiseaux.

Sur l'eau de bronze de l'Aulne qui boucle, glisse un chaland fantôme.

L'est est derrière et le soleil hésite.

Le ciel des aurores profanes nie les morts de la nuit.

Une herbe pauvre et obstinée a poussé en bande étroite au milieu du sentier. Son tracé suit les méandres de la rivière.

Avancer, funambule sur cette mince trace de vie. Eviter de poser les pieds sur les rives glissantes. De part et d'autre de soi-même.

Au long du chemin de halage j'ai marché trop vite et ne sais plus si c'est moi qui conduis encore l'attelage.

Sur mes épaules, le sac est lourd.

De l'autre rive, dans la boucle de l'Aulne, l'eau a les reflets métalliques de l'étain. Large flaque lisse fermée sur son mystère.

J'ai laissé le chaland à l'ancre des rêves romantiques de Penn-ar-pont. Il avait ce matin les reprises d'une chaise à porteurs.

Prendre de la distance. Ne charger le sac que d'aujourd'hui et... marcher pour apprivoiser les courbatures neuves.

La rivière étincelle sous les lances d'un soleil dominateur. Aveuglée de lumière et de chaleur, j'ai perdu le rythme.

D'une courbe à l'autre, espoir d'un gué qui me conduirait en face, vers l'ombre apaisante.

J'oscille entre orgueil et désir d'arrêter ici le voyage. Une fois de plus, je n'ai pas su choisir l'effort du bon côté des choses.

L'écluse marque l'étape. Où sont les mariniers ?
Seule l'avancée est si dure !

Sur la berge, les volets de la maison de l'éclusier sont définitivement clos. Ainsi qu'une tendresse fanée, la glycine s'étiole.

Mirage d'une passerelle aux garde-fous rassurants.

Sur l'autre rive les papillons sont blancs.

L'écluse est loin derrière. Les courbes de l'Aulne se font plus amples. La journée s'étire.

De virage en virage, l'eau perd son apparence laquée aux brillances superficielles. Elle redevient elle-même, nonchalante, désordonnée, authentique.

Elle bronze, clapote et ses rives s'ensauvagent.
Ici, les hêtres et les chênes tiennent tête au soleil.

Le sac devient doux oreiller sur l'herbe courte du talus.
Les pieds nus prennent appui contre l'écorce rassurante de l'arbre.
La terre sent les épices.

Dans l'air ébleui le ciel implacable n'est plus que jeu de lumières dans l'enlacement des branches.

Beauté divine ! Le silence se pastellise.
J'ai pour moi seule le temps et l'espace. J'habite ici.

Les mains se délient. L'amour s'envole, il a le chant clair de l'oiseau.

Orgueil encore, cette urgence à vouloir mettre des mots sur ce qui doit se taire.

Marcher. La chaussure droite en bandoulière... Le handicap réduit l'étape du jour.

Voir Trévarez ?

Trévarez et sa laideur désenchantée. C'est ça le château rose !
Les briques mitées et sales font illusion quand les tours émergent du cœur des Montagnes Noires, dans les apothéoses du soleil.
De près, c'est lourd, c'est triste, c'est mort.

Même les fantômes ont déserté. Les princesses sont vêtues de bermudas fluo, elles ont des écouteurs en guise de diadème.

Pourtant l'esprit du lieu n'est pas très loin.
Il est réfugié dans les ombres du parc où vivent les grands arbres à mémoire.
Il se cache dans la discrétion des bruyères et la dissipation des buissons sauvages se jouant des clôtures.

Depuis le perron prétentieux, il vole au-devant de la chapelle, posée là-bas, comme une nostalgie dans un paysage d'air et de vent.

J'avance à découvert, le souffle court, mains impuissantes à retenir le bleu.

La vie ne se libère qu'adossée à la mort.

J'ai voulu cueillir des étoiles dans l'étang.
La lumière s'éternisait.

Violence de l'angoisse qui lézarde le miroir.
Mes doigts n'ont retenu que les fleurs grises de la peur dans ce temps hors saison.

Les écuries du château ont été aseptisées, transformées, mises aux normes...

Jean Cocteau s'expose là.
Surprise. Gêne. Dans la lumière blanche des salles, personne.
Mais
lui, ses traces de vie,
moi, égarée, solitaire au pied douloureux.

De l'œuvre je sais peu de choses et lui ai préféré d'autres artistes. Pourtant c'est la voix du poète qui me guide dans le parcours d'un temps créateur, marqué de passages d'anges.

J'accède en boitant à une autre dimension de la beauté.
Il clame ou chuchote la difficulté et le désir d'être.
Balancement des contradictions.
Différence ? C'est juste une question d'amour.
J'entends ses mots. Entre dans ses dessins. Me perds dans ses foisonnements où tout est donné comme poésie. Et la solitude devient mouvement.
Les blessures ne sont plus que ce qu'elles sont.

J'ai remis ma chaussure.

Merci d'avoir été là, monsieur Cocteau. Ce fut une bonne rencontre. J'ai noté vos paroles : *Écrire est un acte d'amour. S'il ne l'est pas, il n'est qu'écriture.* Cette affirmation interroge.

Quand nous traçons les mots cueillis au plus près de notre vérité, c'est cela peut-être !
L'amour est un kaléidoscope.
Pressenti, il s'établit souvent aux limites de nos vertiges.
Nous cherchons l'avancée qui ouvrirait le passage.

Ça a toujours kèkchose d'extrême, un poème, dit R. Queneau.

Landévennec.

L'affiche annonce : Un vrai petit paradis.

Le nom est familier. Je connais l'existence du lieu et de son abbaye par un ami poète.
La route est longue.

Rébellion du carrosse qui semble vouloir redevenir citrouille.
Entre lui et moi, obligation de vie commune. Nous nous supportons, mais la confiance est morte.
Ce matin, il oppose à mon désamour une fatigue désenchantée, avec des caprices de climatisation et un blocage suicidaire de l'ouverture des vitres.

J'ai très chaud. Lui aussi. Nous nous obstinons dans un silence lourd.

Miracle. Nous arriverons, malgré tout, à Landévennec.

Aux regards épuisés, un ciel de rémission.

L'éperon rocheux surplombe un méandre de l'Aulne. La rivière est là qui m'accueille. Le vent sent bon, il apporte un murmure apaisé. L'Aulne s'enroule, docile, dans un bel éclat de lumière, s'accorde une dernière fantaisie devant la pointe de Térénez et son île, avant de se jeter dans la rade.

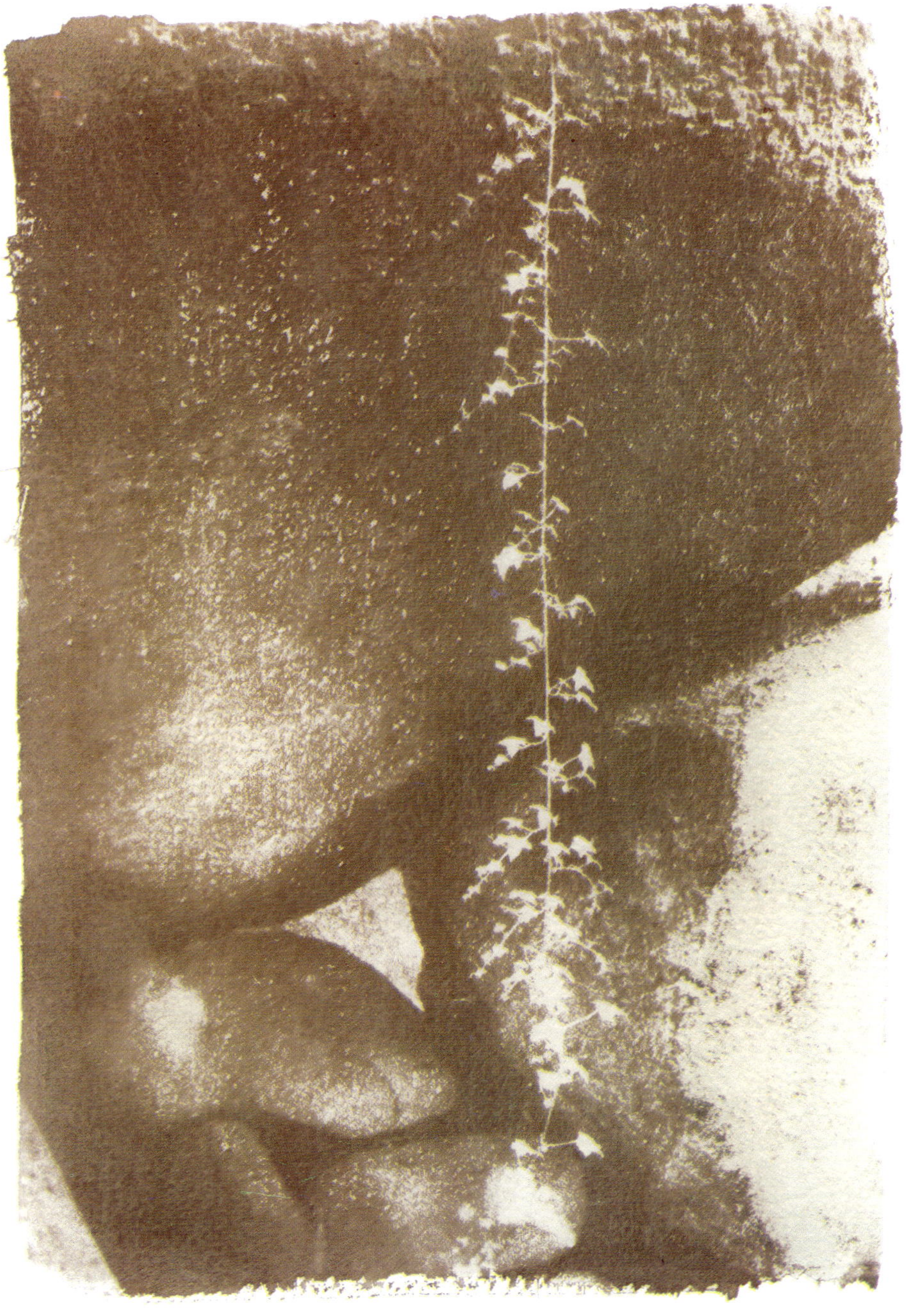

Dans la boucle, le cimetière de bateaux. Crevasses sanguines. Abîmes de mystère.

Vies désarmées.

À cet endroit, la beauté du paysage, sous l'aplomb du soleil, offre deux visages de la mort.

Abbaye de Saint-Guénolé.

Crachote le carrosse à l'ombre d'un cyprès rabougri.

Trop de visiteurs devant le musée.

À l'entrée du site qui entoure l'abbaye moderne, un panneau jaune me fait signe.
C'est un programme titré *Haltes spirituelles.* Des dates : *juillet-août.*

La marche - Pourquoi ce pas à pas ?
Quête évangélique de Thomas Merton.

Vérifier l'heure.
Négliger les protestations de l'estomac, les arguments contestataires de ma nature mécréante et une sérieuse envie de fuir.

Un moine bénédictin, racé et bronzé, accueille les arrivants d'un regard.

J'ai sorti mon vieux carnet.
Qu'est-ce que je fais ici ? C'est comme une situation filmée en flou.
Trop tard pour partir. Comme dans mes cauchemars, il n'y a pas d'issue.
Coincée entre le fauteuil d'un handicapé et des brochettes de chaises occupées.
Respirer calmement pour dominer le vertige...

Thomas Merton, moine écrivain (1915-1968).
Passion de Dieu - Passion des Hommes.

Les images se stabilisent. Je souris à mon voisin qui a éternué.

Désire aimer les autres, mais a des difficultés pour aimer ses proches.
Goût de la solitude qui lui rend difficile la présence des autres.
Revendication de liberté.
Recherche d'autonomie dans sa vie monastique.
Quête orientale. Mort à Bangkok.

Plutôt sympathique tout ça !
L'homme n'est pas un saint. Il me ressemble avec ses doutes, ses passions, ses peurs et ses questions. Pas plus protégé que les autres par sa robe de moine et sa communauté.

Les gens parlent, interrogent.
Je n'ai plus envie de partir. Mes questions à moi ne seront pas formulées.

D'où viennent les signes ?

Faut-il tous ces vides, ces temps de manque et de silence, loin des mirages et des simulations, pour que naisse le chant qui conduit au clair du monde ?

Ciel désaffecté où dérive une enfance dans l'ecchymose d'un nuage.

Les vieux démons sont là. Ils s'agitent à l'aise dans cette vacance.
Les mots ont déserté la mouvance magique pour de livides certitudes.

Les constats d'échec s'égrènent en chapelets. Il est tard. Trop tard. Pourquoi marcher encore ?

Qu'est-ce qui pousse à reprendre la route quand le vent brouille les pistes et signifie la fin du voyage ?

Repartir, malgré tout, pour se faire croire que l'on a du courage !

Docilité presque inquiétante des chevaux. Ils fument sous cape et l'acier, lavé de rosée, brille ironiquement.

Carhaix. Maisons à colombages trop bien restaurés.

Le cœur n'y est plus. Errance. Fatigue. Le corps proteste. Je saigne du nez.
Mon short est trop blanc, trop large. Le sac à dos raide comme un cartable de rentrée.
Démesurée, l'ombre de mes jambes casse sur le trottoir.

Un homme sans âge, recroquevillé, semble avoir poussé là, sur le banc vermoulu. Sans élever la voix, il récite des insultes. Je passe. Je pleure. Il fait déjà chaud. Vite aux abris.

Arrêt sous les platanes de la Place aux pommes de terre. Anciennement, est-il précisé.

Je voudrais que l'on me parle.
Bonjour. Que désirez-vous ? Bien.
Elle ne m'a pas regardée.

La mairie est laide. Les mairies sont souvent laides ! Dommage pour cette place qui a un petit air de Lubéron.

Où es-tu toi qui m'offrais le beau dans la coupe de tes mains pour apaiser ma soif ?

Les heures à venir vont brûler le ciel trop propre.

Le thé citron a le goût fade des visites guidées pour touristes las.

Je rêve.

Je rêve d'une vraie maison. Avec des services gratuits de restauration tendresse. Des étincelles d'affrontements sans conséquence. Des arcs-en-ciel entre orages et fous rires.

Une vraie maison, comme avant... Pleine de riens, riche de vie.

Une grappe de chiens s'enflamme pour une bâtarde maigre et plus très jeune qui fait semblant de ne pas comprendre.

Près de moi, les occupants de la table ronde débordent sur mon petit carré. Des garçons blonds boivent de la bière et parlent fort en consultant les cartes plastifiées. Ils ont faim.

Un jeune enfant réclame une glace tandis qu'un couple, mains jointes, se regarde en silence, à perte de vue. Depuis longtemps leurs cafés ont refroidi.

Aux rives d'une goutte, sur la plage en formica, deux mouches se frottent les pattes.

Bêtes et gens sont désirants. C'est l'été.

Le canal n'est jamais très loin.

Je retrouve avec une sorte de connivence ce paysage qui semble m'accepter.

La rivière, les arbres et, sur le sentier, les caresses de l'ombre.

Personne.

Terre en exil, le ciel a pris l'air pour s'y dissiper.

À cet endroit, l'eau n'a pas de transparence. Sans regard, sans miroir, le temps n'existe pas.

Moi aussi je pourrais avoir tous les âges et ouvrir les bras au vent.

Mais la révolte explose en pluie d'orage.

Sous la grêle des souvenirs, je m'immobilise dans un présent sans amarres.

Alentour, l'aube se déploie sur le murmure des champs.

Chapelles... Églises... Enclos....

Quête des hommes en recherche d'un espoir dans ce temps qui crée et qui brûle.

Ils ont donné voix à la pierre, gravé dans le granit leurs espérances, leurs effrois. Ils ont conté des légendes immortelles et abrité leurs morts contre leurs chants de vie.

Chapelles. Enclos.
Les ensembles à la beauté naïve et forte ont résisté aux vents, aux mouvements des siècles.

Les édifices témoignent. Mais le cœur des pierres se tait. Les marcheurs, fatigués de chercher la parole qui dénoue les chemins, rencontrent le plus souvent des portes closes.

Je tourne autour des façades décorées. Tout est fermé. Attirance. Impuissance.
Comme pour la foi, comme pour l'amour.
Errer à l'extérieur dans la nuit qui vient déjà.

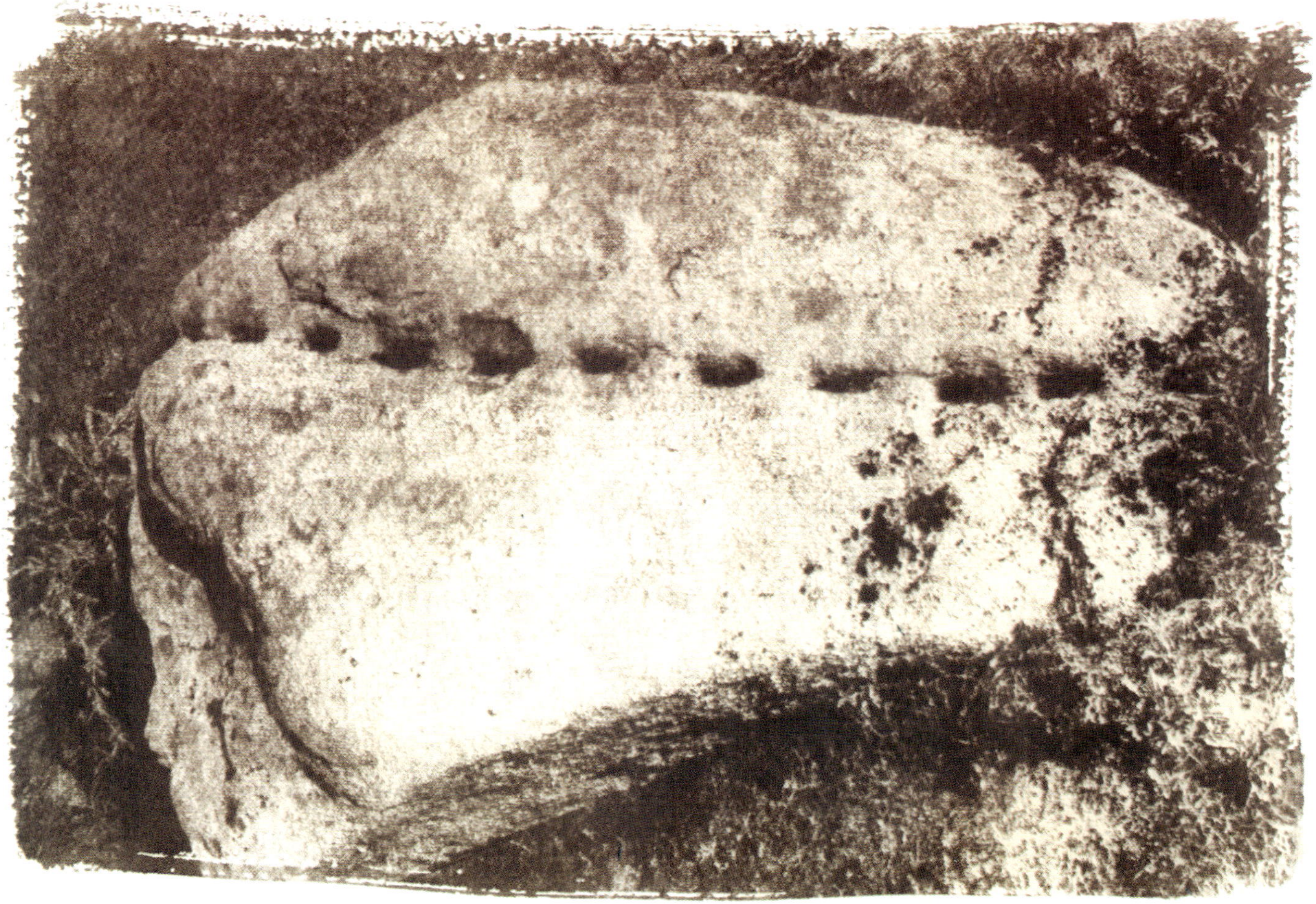

Qui sommes-nous, rôdant parmi les pierres ?

Notre marche ne laissera pas de traces.

Repartir encore vers ailleurs, le sac alourdi de questions sans réponses. Faut-il se rassurer en écoutant René Char : *Aller me suffit ?*

Derrière le mur, l'odeur sucrée des troènes.
Parfum de vraies vacances - J'ai huit ans -
La maison sur le remblai s'appelle *Velleda*. Le sable de la grande dune est frais aux pieds nus.
En avant le régiment des mandolines !
Nous annexons de nouveaux territoires en chantant fort et faux.
Il fait beau.
Ma mère a une robe blanche.
Ici, elle rit souvent.

Il est des ciels qui se refusent et réduisent l'oiseau au silence.

La ville. Le monde. Le bruit.

Accepter de ne plus attendre la main qui éloignait la peur. Entrer dans la ronde avec les autres.
C'est un temps de transhumance. Ici, nul ne peut l'oublier.

Se promener, le nez en l'air. Couleurs, odeurs, apparente insouciance à partager avec eux.

Eux, les touristes inconnus, différents mais pareils, les mêmes partout.

Au café du Finistère la terrasse est prise d'assaut.

Mon minuscule espace est juste à la frontière entre la grande salle criblée de tables et l'extérieur surchauffé.

Deux hommes parlent. S'écoutent-ils ?
L'un a changé son bateau… L'autre revient d'un safari...
Ils fument, savent très bien que je les entends !
Ils ont des chemises blanches et des chaussures qui brillent. Boivent du scotch. Échangent sans se regarder.
Je profite largement de l'eau de toilette de mon voisin qui joue avec un briquet en or.

J'ai reculé ma chaise.

L'air est pauvre, lui, sous le store déteint.

Les jeunes femmes sont belles quand elles ont chaud.

J'ai dû sourire à l'adolescente blonde qui mordille la paille de son soda. Elle a un piercing au coin du nez et une coulée de perles minuscules sur le lobe de l'oreille. La transparence du tee-shirt dévoile le tendre arrondi de ses seins. Elle s'anime et les doigts laqués de bleu dansent dans la lumière. La bande revit l'élection de Miss Cornouaille. C'était hier soir. Leur nuit a été courte.

La mienne aussi.
L'évocation de la nuit pince au cœur et m'isole brutalement. Il a d'étranges couleurs, mon temps de vacances.

Je voudrais…
Non rien.
Il n'y a rien à dire. Je n'ai jamais été cette adolescente légère et gaie.

Dans le dortoir du sanatorium, Sœur Lucie allait et venait.
Le froissement d'ailes de sa cornette, le tintement des clés sur les grains du chapelet, me faisaient imaginer des histoires de fantômes et de diableries. Les fêtes de mon âge ont été démantelées par la violence du vent marin qui hurlait autour des salles trop claires. Prisonnière d'un corps dissident, je cachais, sous la pile des slips en coton, les carnets, confidents de mes délires.

Le bateau qui reliait la presqu'île au continent était bleu.

Quand la mer était sage, on voyait longtemps, depuis la barrière, s'agiter les mains des gens normaux qui repartaient, avec la marée, la conscience tranquille, sans avoir rien compris.

L'air est tout à fait suffocant.
Pardon. Merci. Au revoir...
C'est un temps de saison.

Déchiré d'ailes d'oiseaux, le ciel drape la cathédrale.

Façade aveuglée d'armures métalliques. Il y a de grands travaux. Un sas filtre les entrées.

Les cloches sonnent. Discordance avec le décor.

Près des confessionnaux, une affiche indique les horaires de permanences. Pas le lundi : les portes du ciel ont aussi leurs jours de fermeture.
Je grince. Renifle. Et déborde de mauvaise foi.

C'est du haut de la petite rue pavée que la beauté gratuite de l'édifice, né de la sueur et de l'espoir des hommes, me réconcilie avec eux... avec moi.

Autre écluse.

Autre jour. Autre marche au bord de l'eau. J'avance à contre-courant. Énigme d'un ciel où s'affrontent les ombres.

L'eau ride sous le vent chaud qui dessèche la peau.

Dans la bouche un goût salé. Saignements de nez et vieilles prières sont retenus à l'intérieur.

Sur cette rive, longs espaces sans ombre. Les arbres ont reculé.

En face, la colline d'ardoise feuilletée s'égoutte dans les herbes hautes et les ajoncs fanés.

Marcher me délivre.

Comme si cette victoire sur ma respiration d'essoufflée, sur les tensions du corps rebelle, me valorisait. Comme si, endossant le sac qui tire mes épaules, je réintégrais une autre moi-même...

Celle qui est morte peut-être, et qui a été remplacée un jour. Il y a si longtemps.

Le fantôme d'une petite fille en jupe à carreaux noirs et blancs marche à ma place...

Les plis demi-deuil bougent sur les chaussettes bien tirées.
Elle marche.
C'est comme une forêt. Les arbres noirs avancent avec elle. Elle ne doit pas courir.
Pas de poche à la jupe. Les mains plaquent le damier sur les cuisses.
Elle a mal à la tête. La grosse barrette qui retient le ruban blanc des dimanches tire les cheveux.
Au bord du chemin, des rectangles noirs, des carrés blancs.
Elle en a dessiné à l'école, avec une craie pointue sur le grand tableau.
Ne mettre le pied que dans les petits... Si on marche sur le trait on a perdu.
Elle saute.
Le nœud glisse sur sa tête. Un triangle blanc danse devant ses yeux.
C'est joli.
On dirait un papillon.
Une main brutale la ramène dans les arbres au milieu du chemin. La barrette réajustée déplace la brûlure sur sa tête.
Elle pleure sans bruit.
D'un clignement de paupière, elle accélère la descente des larmes qui hésitent. Parfois, l'une d'elles arrive jusqu'à ses lèvres, elle la cueille d'un rapide coup de langue. C'est tiède et salé.
Le papillon a disparu.
Le chemin est noir. On dirait qu'il est mouillé.
Elle voudrait s'envoler au-dessus des arbres qui l'entourent et l'étouffent.
Quelqu'un a parlé là-haut. Elle ne comprend pas.
Le ciel est blanc.

Les carreaux de la jupe se sont immobilisés. On ne marche plus.
Qui l'a touchée ? Elle ne veut pas qu'on la touche.
Les arbres se sont arrêtés. Elle ne voit plus rien.
Elle tente de retirer la barrette qui fait de plus en plus mal.
Penche la tête, la secoue vivement. Non-non-non.
Elle risque un œil entre les arbres serrés et se faufile doucement vers les rangs devant.
La jupe à damiers danse sur les chaussettes blanches.
Avec ses deux mains, elle fabrique de nouveaux plis. Tous les carrés noirs disparaissent... Elle a une belle robe blanche. Comme les anges. Les anges sont blancs.
Elle en a vu devant les arbres noirs, mais ils n'avaient pas d'ailes. Ils ont dit que son frère était un ange... Elle veut en être un aussi.
C'est beau un ange, surtout ceux qui ont des ailes.
Elle pourrait s'envoler au-dessus des arbres, ou alors elle serait un papillon, comme celui de tout à l'heure.
Dans son livre, le petit chaperon rouge joue sous les arbres avec les papillons.
Les loups ne mangent pas les papillons... Peut-être que les anges aussi jouent avec eux.
Ses mains ont libéré les plis serrés. Les carreaux noirs reprennent leur place.
Non elle ne peut pas être un papillon blanc.
Elle avance encore sans effleurer les arbres. C'est plus facile par ici, les rangées sont moins serrées. Il y a de grands morceaux de ciel.
Ca y est, elle est sortie de la forêt.
Les anges sont là.

Ils portent une boîte, c’est comme un grand plumier. Il y a du bruit et du vent. Elle a très froid.
La jupe plissée gonfle, gonfle, devient un gros ballon transparent.
La petite fille étend les bras.
Elle s'envole, entre dans un nuage... c'est blanc et doux. La barrette a délivré ses cheveux. Elle n'a plus mal.
Les arbres noirs s'agitent. Ils sont à l'envers.
Tout devient petit, très petit.
Les anges sans ailes ont déposé le plumier blanc au bord d'un encrier noir.
Il y a des jupes à carreaux noirs et blancs qui font écran aux chemins de l'enfance.

Ne plus penser. Refuser les prétextes d'arrêt. Il faut garder le rythme, avancer encore.
Rester dans le mouvement qui métamorphose le vivant pour franchir les deuils, user les délires, reconnaître au sommet des fatigues son vrai visage.

À cet instant, dans l'étroit triangle d'eau qui bouge entre couvert et soleil, une branche frêle cueillie par le vent s'est posée là.

Sans résistance, elle a lâché prise.

Elle a dansé un peu puis s'est laissée emporter au fil de l'eau.

Être ainsi, face à leurs mots. À leurs maux. À leurs désirs. À leurs choix. Ne pas décevoir pour être vue… Aimée... Suivre le courant, sans cris, sans gestes désordonnés, sans suffocations.
Pareil à la petite branche, aller. Suivie de leurs regards.

Demain. Après demain. Un remous l'abandonnera ici ou ailleurs. Le rameau achèvera de mourir dans l'indifférence des herbes de la berge, sans avoir connu d'autres étés.

Où sont les vrais courages ?

Quelles libertés justifient la guerre ? Quelles peurs nous maintiennent en fuite de nous-même ?

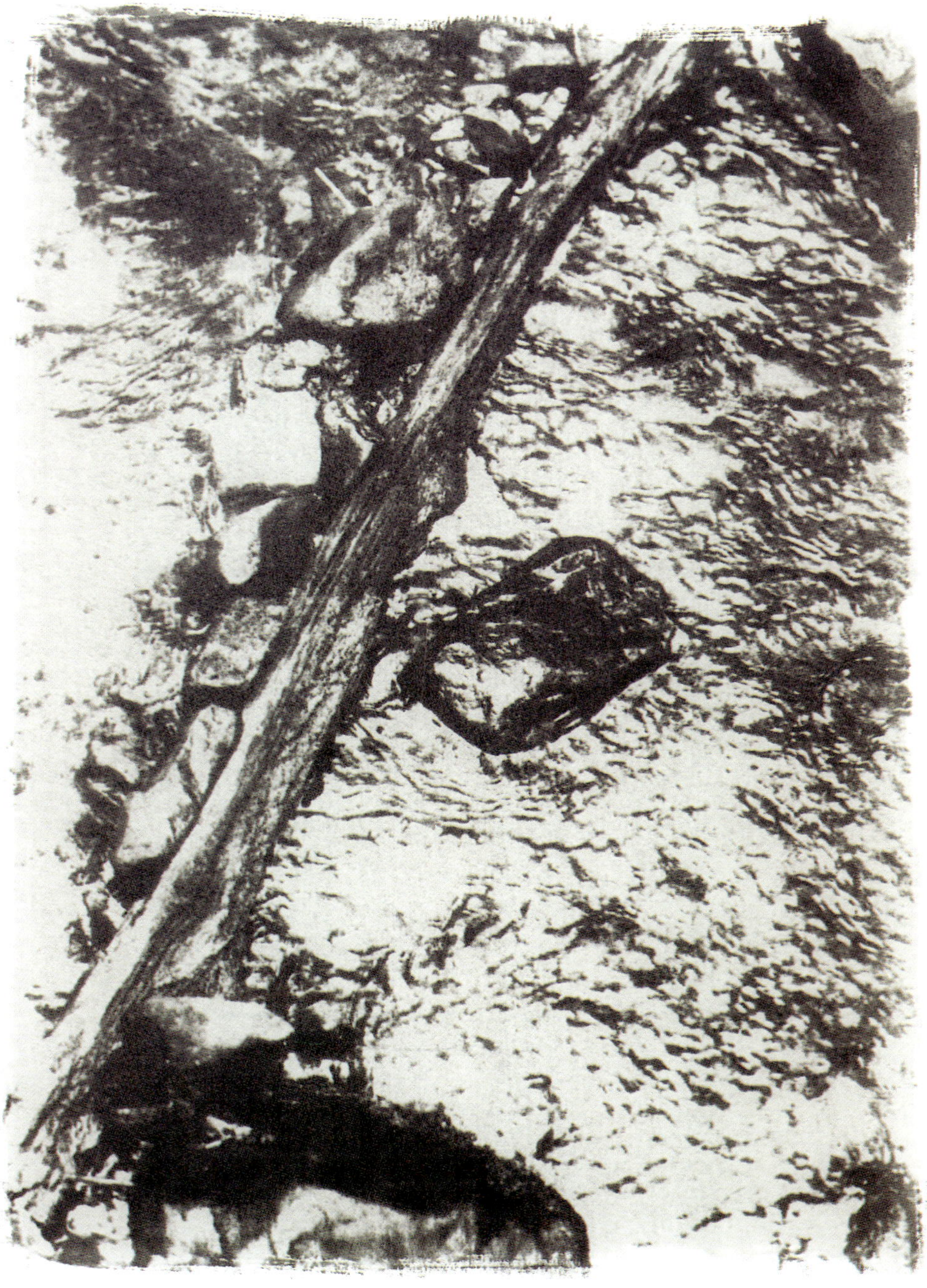

Le vent que j'aime décoiffe fraternellement mes cheveux. Pourquoi réveille-t-il tant de blessures ?

Dans la houle des contradictions, notre avancée s'impatiente.

Repartir.
Se déplier fait mal.

Au fond du sac à dos, l'eau de la bouteille a tiédi et se moque de moi en bégayant à chaque faux pas.
Arrêt encore.
Sous un ciel nacré d'usure par les indécisions du vent, continuer, ou reprendre le chemin en sens inverse ?

Faut-il revenir au point de départ ?

Le tronc du vieux chêne se creuse en berceau. Je m'y love. Je m'y coule. Je m'y cache. Les branches hautes font un auvent soyeux.
Fermer les yeux.

Tout est bien.

On me promène... Il fait doux. À force de remonter le courant, je suis à nouveau l'autre. La petite fille de l'école des sœurs.

Odeur fade de la vase. Chez nous la Sèvre est plate.
Il y a une étoile bleue sur ma sandalette.

La laine de ma robe est verte et souple. Je suce mon pouce en triturant l'ourlet. Il y a des cygnes ou des canards brodés en relief. Silence.

Aucun bruit de pas. Ne pas chercher à savoir quelle est la main derrière qui guide la poussette.

Savoir me réveillerait.

Des courants d'air moussent sur les crêtes des Montagnes Noires. Toile de fond amarrée derrière les champs et les landes.
Sous un ciel enrubanné, confluence de l'Aulne avec la détermination du canal.

Envie d'ailleurs.
Après le service des urgences, hier au garage, la température des chevaux s'est stabilisée.

D'ici la mer n'est pas si loin.

Aller jusqu'à la brèche de sa terre pour trouver le calme de la rade, avant l'affrontement des vagues dans les volte-face de l'océan.

Mais sur la carte, une belle plage verte : Forêt du Cranou.
Ce nom évoque des images de Golgotha. La route étroite est déserte, elle me conduit.

Arrêt au Pont-rouge.

Il est encore très tôt, pourtant la couleur de l'air a changé.

Le lieu m'attendait. J'entre sous les arbres doucement, comme on franchit la porte d'une église. C'est une forêt profonde, secrète, échevelée. C'est ainsi que je les aime.

Je n'irai pas jusqu'à la mer.

J'ai beaucoup marché dans un temps sans importance.

Phao, faou, hêtres.

Les arbres m'ont accompagnée. Ils étaient là devant, derrière, partout, déroulant à leurs pieds l'épais tapis de mousses et de feuilles qui absorbe la fatigue. Bienheureux dépaysement.

Phao, faou, être.

Le mince ruisseau rencontré au Pont-rouge montait et descendait en se tortillant. Il disparaissait parfois mais fredonnait gravement quand nous nous retrouvions.

Maintenant, il étire une boucle près de moi avec un air de fausse sagesse et, de temps en temps, une sorte de rire contenu.
C'est un ruisseau de conte de fées. Je le sais.

J'ai traversé des clairières bleues. Contourné la mare aux sorcières. Escaladé les rochers glissants entassés par le mauvais génie du Cranou.

Là où je suis, même les oiseaux se taisent. Il n'y a pas âme qui vive. Pourtant le silence est habité. Monde mystérieux dans lequel je trouve place.
J'écoute, tous les sens en alerte. J'ai un peu peur et j'aime ça.

Le vent, qui énerve le cours d'eau, anime les légendes. La vie s'insurge, éclabousse d'enfance ce temps singulier.

Plus de repères.
Si je ne retrouve pas le chemin du retour, je découvrirai peut-être, avant les froides nuits, la maisonnette des nains ou la grotte de l'ogre. À moins que, sous le galop d'un cavalier, la forêt s'entrouvre jusqu'au château endormi.

Je vais appeler la grenouille aux pouvoirs magiques et lui demanderai de me délivrer du mal d'aimer... D'aimer mal !

Pouvons-nous encore entendre le silence, caresser les arbres, sentir l'odeur de la terre, sans l'embrasement et les fractures de l'amour ?

Mon trône de princesse déchue est un tronc d'arbre, vaincu par l'orage. La guirlande de lierre qui l'a enseveli me ligote les baskets.

Je m'attache ou je meurs.

La fragile liane sur mes pieds a des racines cachées sous les feuilles. Bien nourrie d'humus tendre, elle vivra.

Pas envie de repartir.
La forêt s'enchante et l'enfant se rassure.

Il était une fois...

Cauchemar de l'escalier.

Errance de la femme sans visage.

Tanière d'illusions. Béance dans l'océan des nuits.

Quand a-t-elle su qu'il fallait être sage, raisonnable, ne pas faire de bruit, ne pas salir, plaire à tout le monde ?
Sans doute depuis cette nuit de l'escalier, dont elle garde une sensation de froid intense et ce vertigineux sentiment d'abandon qui ne l'a plus jamais quittée.

De quoi fut-elle coupable dans cette obscurité lourde, habitée de gémissements et de silences suffocants.

L'enfant allait mourir.

Ses souvenirs explosent dans l'ombre de cette marche cirée, qui casse en tournant.

Elle s'est glissée dans les modèles qu'on lui tendait.
La petite fille, ancrée dans les livres de la comtesse de Ségur, fut Madeleine ou peut-être Camille... Docile et bonne ainsi qu'il convenait. Secrètement admirative des éclats de vie de Sophie.

Les cloches sonnaient souvent à la vieille église.

Fais ta prière.

Mon Dieu, j'ai péché. Je ferai des sacrifices.
Mon Dieu faites que je sois comme il faut, pour que maman guérisse, pour que naisse un autre petit frère. Pour que j'aille au paradis avec les autres...

La prière usée retombe en mousse salie.
Le sable sec devient terre de sienne. Un éclair violet ouvre le ciel.

La femme a largué les amarres.

Être. Déshabillée de soi. Quand les anneaux tombent des doigts.

Bruit de ressac dans son corps qui devient perméable aux pleurs. Elles creusent et ravinent les saisons maquillées.

Au loin l'amer retient les reflets d'une aube ensanglantée.

Émergence d'une île sur l'océan des jours.

Mais voici que l'effort se brise sous la violence du changement de cap et l'élan agonise sur une roche noire.
Les larmes embrument le ciel. Le repère s'est noyé.

Mortes eaux.

La terre a disparu.

La femme s'immobilise. Devant elle, l'estran ourlé de mots.

Ils se sont posés là.

Mouvance d'oiseaux, venus à tire-d'aile sur l'espace nu. Ils laissent traces.

Elle reconnaît des éléments de titre pour des manuscrits informes, des scénarios aux articulations impossibles, des poèmes morts-nés. Titres encore pour des partitions sans clés. Musique étale sans le flux et le reflux des notes.
Elle entre dans cette marée, cueille les mots, tente d'ordonner les titres.

Mais constate que le puzzle est truqué. Certains trouvent place ici et là... Se superposent, se heurtent, s'annulent...

Souffle le vent. Montent les vagues.

Les mots dérivent et s'affolent. Ils déchirent le temps. Dévoilent des océans de larmes, des abîmes de cris, des déserts de silence, des épaves de tendresses pétrifiées.

La femme sans visage rejoint le fil tendu du funambule. Il s'étire loin, bien au-delà de l'amer noyé.

Vers un point invisible dans le mystère d'un avenir décoloré.

Ligne de vie, douloureusement ancrée là. Au cœur d'un petit fantôme en chemise de nuit bleue, oublié un soir, dans un escalier en spirale.

Après les cauchemars de la nuit, dans l'impitoyable lucidité d'un ciel immobile, revenir au petit matin sur les rives de l'Aulne.

Une vapeur légère mousse avant de s'étirer en transparences glauques.

Les lavandières de la nuit ont disparu, emportant leur linceul lavé sous la lune.

Semblables aux sorcières de la légende, nous aussi sollicitons l'autre, le passant attardé sur nos rives, afin qu'il nous aide à tordre le linge sali. Mais quand, nous faisant face, il ne tourne pas la toile de nos misères dans le bon sens, quelle force destructrice nous pousse à lui casser les bras et à le condamner ?

La légende de l'Aulne est cruelle.

Les lavandières de la nuit sont d'abominables créatures.

Pourquoi chercher si souvent dans l'eau souillée de nos défaites un coupable à notre propre indigence d'amour ?

Nouveau coup de talon dans la solitude.

Locronan, village de caractère, disent les panneaux sur la route.

Avant d'y entrer, avec le racket des parkings, on sait déjà que le premier trait de caractère est d'argent. Le carrosse essoufflé prend ses grands airs entre un camping-car fatigué et une deux-chevaux violette.

Dommage ! Elles sont belles les maisons autour de la place. Les appels à consommer qui les maquillent cassent le rêve.

Oyez bonnes gens.

Suivre les flèches. Sens obligé pour l'aventure.

Un artisan fait semblant de créer en martelant la pièce de bois déjà réalisée en des centaines d'exemplaires.
Béate, Madame regarde, mais suit le mouvement de Monsieur, qui filme en se dévissant le cou.
Reste dans le champ !
Curieux ballet, interrompu par l'arrivée grondante d'une visite guidée. Je me range prudemment entre deux rayonnages d'œuvres à vendre.

Repli sur les marches de l'église. Je pense à Gulliver.

Les petits personnages sont partout. Ils entrent, sortent, se bousculent. Par moments, le mouvement s'accélère. Il se passe quelque chose.
Je suis au spectacle, la pièce est creuse ou très hermétique. Mais c'est une mise en scène à gros budget. Il y a beaucoup de figurants et le décor est d'époque.

Un cheval fourbu, guidé par un gaulois maigre et chevelu, tire la charrette pleine de gamins hurleurs.
Papa-maman attendent pour la photo.

Pauvre cheval ! voici deux fois qu'il bute sur les pavés. La journée sera longue.
Heureusement, il a des œillères.

Admettre l'erreur d'itinéraire.

Ce sont des lieux de grande solitude.
Les regards dérivent. Le ciel rougit de n'avoir pu s'élever et prendre ses distances.

Descendre l'étroit chemin qui conduit au bas du village.
L'ancienne chapelle a des vitraux de Manessier. Le soleil y rêve. C'est simple.
C'est beau.

Un cloche annonce l'heure, discrètement.
Ici, personne. Il n'y a rien à vendre. Pourtant, autour de moi, l'air est plein de présences.

La fontaine rouillée dit : 1698.

C'était le quartier des tisserands. Je les entends. Ils travaillent le chanvre pour la fabrication des toiles à voiles. La mer respire, toute proche. L'esprit des artisans a peut-être rejoint l'âme des grands voiliers.

Les sons, les images se superposent, se heurtent, s'enroulent. Tout est présent.

J'ai lu le mot Nementon. Il y eut en ces lieux des druides et leurs parcours initiatiques au cœur des forêts.

Je rejoins les autres, tous les autres. Les marcheurs...

Peuples sur la route. Pèlerins. Voyageurs solitaires. En chemin pour quel accomplissement, quelles chimères ?

Ont-ils trouvé ce qu'ils cherchaient, une justification à leur quête ?

Dernière halte.

L'arbre, maintenant familier, m'accueille dans la presqu'île, au pied de Penn-ar-pont.

À cet endroit je rejoins le silence.
Un cygne passe dans la boucle. Superbe. Indifférent. L'air est libre.

L'eau se divise mais l'horizon reste le même.
Tout est pareil.
Pourtant je sais que quelque chose a été franchi.

Au triangle des chemins, passé et présent se concilient le jour.

Les vêtements portent traces des errances.
Ce soir je viderai le sac à dos et j'irai voir le soleil descendre sur les Monts d'Arrée.

Le sablier achève son retournement.

Il faut rentrer demain.

Cet ouvrage, tiré à 400 exmplaires numérotés,
a été achevé d'imprimer en avril 2002
sur les presses de l'imprimerie La Botellerie
à Vauchrétien (Maine-et-Loire)
pour le compte des Éditions SOC et FOC
La Bujaudière - 85700 LA-MEILLERAIE-TILLAY

Dépôt légal à parution.
N° d'éditeur : 63

Exemplaire n°
Service de presse

Publié avec le concours de la Municipalité de La Meilleraie-Tillay.